ほとぼりが冷めるまで

詩集
細見和之
Hosomi Kazuyuki

澪標

詩集　ほとぼりが冷めるまで　目次

I

II

Ⅲ

Ⅳ

装幀　森本良成

I

蟹と入れ墨

妻と蟹を食べに出かけた
城崎で乗り換えて
柴山という鄙びたところまで

民宿のもうもうとした湯ぶねには
入れ墨のひとがひとり、ふたり、三人
それぞれが肌をほんのりと火照らしていた
ぼくは小さくなってそそくさと体を洗った

それから部屋で妻とふたり
真っ赤に茹だった蟹を一匹半ずつ平らげた

翌朝
風呂で一緒だったひとたちが会話している
――だいぶうなされとったな
――久しぶりに拷問される夢みたわ
窓の外は一面の雪景色

常用漢字

「雨」は一年生で習い
二年生では「星」を学びます
三年生は「死」に親しみます
四年生で「殺」を身につけ
五年生は「夢」をおぼえます
「欲」には六年生で初めて出会います
子どもたちは漢字とともに
成長してゆきます

年老いたとき
私はどの順番で忘れてゆくのでしょう?

「孫」、「母」、「命」、「友」、「私」……
常用といいながら
手書きでは怪しい漢字が
もうだいぶあります

父の正体

パパって小柄やったんやね
別に咎めるでもなく娘がそう言う
私は高いヒール底の靴を穿いたことはないし
背が高いと口で偽ったこともない
ただ父として娘のまえに立っていた
いままではこんな私がそれ相応に大きく見えていたのだ

もっと大人になって
娘ががっかりしないように
できるだけ自分の正体をさらしておきたいが
隠すつもりはなくても伝えられないことがある

ああ、そのうえで
教えてもいないのにいつか気づかれることがある
いくつもある！

娘のひとことに眩暈のする午後

秘密

今年
我が家にとうとう
サンタクロースが来なくなった

だまされていた！
そう娘たちが怒るのかと思っていたら
彼女らはいたって平静
分かってみると
以前から知っていたことに思えるらしい

いつのことだったか

地球が平らではなく球形であること
猿の先祖と人間の先祖が共通であること
そんなびっくりするような事実を知ったとき
たしかに私も
まえからうすうす分かっていたような気がした

いつか私たちすべてはウィルスのような小さな生物にもどる
地球はもう一度まっ平らにのびる
私たちがうすうす分かっているとおり――
そのとき
遠くから太った男がやって来る
プレゼントのたくさん詰まった
大きな袋を背負って
ぽかんと空を見上げて

初詣の帰りに

顔をうつぶせているひとの前で
しきりにスマートフォンをのぞいているひとがいる

笑っているひとの横で
アイパッドに指先ですばやく入力しているひとがいる

笑っているひとは
どこか遠くにいる携帯電話の相手に笑いかけていたのだ

私の中一の娘もさっきからラインに夢中である
なにをお願いしたのかという、私の問いをスルーして

すると隣のテーブルのひとが真顔で明瞭にひとりごとを唱えはじめる
ドキッとしたが、ピンマイク式の電話口に話しかけているらしい
ふと立寄った喫茶店、ここにもワイ・ファイが飛び交っている
まるで大教室でのおれの講義みたいだな……
カランカランとドアの鐘を鳴らして
古典的な雨合羽を羽織った郵便配達夫が現われる
——地獄の三丁目ってこのあたりですか？

遠いところで

遠いところで
煙があがっていた
どこかでなにかが燃えていた

すぐには動きそうにない
停車したままの電車を降りて
私はホームの端っこに立って遠い煙を見ていた
「あんなことに税金を一銭もつこうたらあかん――」
人質にとられた日本人の身代金のことで
知り合いの商店主が吐き出すように呟いた
氷のような言葉がよみがえる

ホームに横たわる車両を振り返って
私は唐突に
人身事故はまるで自爆テロではないかと思う
つながりのない、孤独な自爆テロのようではないかと思う
肉をちぎり、血を飛び散らせて
路線図のここかしこ
動きつづけているものを
ほんのいっとき
停止させる

どこかでなにかが燃えていた
煙があがっていた
遠いところで

内部にいると何もかもが……

飛行機に乗るたびに思う
こんなものが空を飛ぶのか？
でも、私たちはそこで飲んだり、食ったり、居眠りをしたり

この夏の旅、隣にはイスラエルに帰国する男性がいて
ハイファの郊外に堅固なシェルターを建てたという
テレビで見たガスマスクを着けた人々を私は思いうかべた
すると
「サリン、ツナミ、フクシマ、大丈夫デスカ？」――

飛行機は乱気流のなかをすこしくぐった

それから私たちはいまも
飲んだり、食ったり、居眠りをしたり

居酒屋における認識と関心

――子どもがね
おかあさんを描くと
とにかく顔をでっかくするじゃない
顔が画面の全体を覆っていて
手足や胴体がちょろっと下に付いている
あれは実際にあんなふうに見えてるんだろうね
大人だって同じだろうに
いざ、絵で描くと
分別を働かせてそうはしない
人間のものの見え方は興味によって規定されていて
見たいものは大きく見えて

見たくないものはとかく見過ごしてしまう
難しく言うと
「認識と関心」――
ということなんだけど
ハーバーマスというひとがそういう分厚い本を書いているよ
――なるほど
まるでホタテの貝柱だな
人間に食われる部分だけがこんなにでっかくなって
はらわたなんかヒモみたいにちょろっと付いているだけで
そこが好きという酒呑みもいるけどさ
――なんかずれてるんだけど
――そのずれたところに醤油をたらして
さあ、食え

宴のような時間——三井葉子さん追悼

王朝風の美人
それが三井さんから
誰もが受けていた印象でした
私が大阪文学学校に入学したとき
あでやかな和服姿の三井さんがいらして
金時鐘さんがあろうことか
「三葉虫！」などと声をかけられると
三井さんがキッと睨まれて
川崎彰彦さんがアハハと笑ってらした
それは、それは、美しい宴のような時間でした

海外に長期滞在したことのない私にとって
思えば文学学校は留学先でした
ドイツ語が話されるのでもない
フランス語が話されるのでもない
けれども、普段とは違う日本語がたえず飛び交っている
かけがえのない別世界――
三井さんもそこで
私が聞いたことのない日本語を話されていました
私が読んだことのない日本語を書かれていました

三井さんが亡くなって
あらためて気づいたことがふたつありました
三井さんの第一詩集『清潔なみちゆき』が一九六二年
私が生まれた年に出版されていたこと
そして、三井さんの本名が「幸子」であったこと
三井さんは幸子というもうひとりの女性をひそめて

私が生きてきただけの年月
詩を書いてこられたのでした
――それかって一瞬のことや
三井さんはきっとそう言われるでしょうね
三井さん
ひとの結びつきは難しい……
ですね

ある夜の風景

同じ町内の男五人が
五十絡みの肩を寄せあっていた
その年
ひとりは妻を病気で亡くし
ひとりは親の介護に疲れ果て
ひとりはまだ独身で
さらにひとりはややこしい離婚裁判の係争中
まだひとり身の男の居間で
酒をすすめる俺の手もふるえる
あては唯一、 丹波《たんば》篠山《ささやま》自慢の黒枝豆！
夏のひどい天候不順にもかかわらず黒豆だけは育ったのだ

亭主につぎつぎ保険をかけて殺害した容疑をかけられている女性の話題――
でも消えていったお金のほうが恐いよなと誰かが呟き
黒枝豆をつぎつぎと口に入れても
俄然、士気はあがらず
酒だってまわらない
「木星でも見ようか」――
まだひとり身の男が
巨大な天体望遠鏡を持ち出してくる
寒いベランダに据えつけられた望遠鏡で
その夜、男五人
かわるがわる
遠い惑星の表面をながめた

II

その秋

私は三宮に向かって
国道2号線を車で移動していた
『ショアー』という長い映画の上映にかかわる仕事だった
誰の運転するどんな車だったか
もう思い出すことができない
おぼえているのは
道沿いの銀杏並木が西日に映えて
金色の落葉をつぎつぎと散らしていたこと
（あんなに美しい銀杏……）

神戸に震災のあったその秋のことだった

ＪＲ東西線尼崎駅の手前

眼を閉じていても分かる
そこを通過するとき
ことさら電車の速度がゆるやかになるから
乗り合わせているのはみんな
生きのびてふたたび通い慣れた者たちだ

私を運び、私を停止させ、私を殺す
大きなもの、あらがいがたいもの

何から守っているのか
白い網をかぶせたフェンスに囲われた細長い耕作地があって

それが滑走路のようにすーっと狭まっていって
見慣れたマンションの壁がいつも唐突に姿を見せる
(あの秋もきっと収穫はあったのだろう?)

阪急「売布神社」

二〇年ぶりにその駅で下車した
私が大学に入って最初に下宿していた町
すでに陽は傾きかけて薄ら寒い
家庭教師をしていた子どもがふたり
当時のままの姿で迎えに来てくれている
私はひどく太ったうえに髭を生やしている
分かるまいと高をくくっていた
けれどすぐに見つけられてしまった
「顔変わっても細見さん仕草が一緒やから」

Hさんの家は駅のすぐ近く

私はその離れに五年間住んでいた
（最後の一年は留年期間中だった）
当時はまだ汲み取り式トイレの古い住宅街で
神戸の大地震でこの一帯も壊滅的な打撃をうけた
夢のなかでは離れに何度かもぐりこんだが
見舞いにも行かないまま
さらに一〇年以上が過ぎたのだ

美人だった奥さんは思いのほか老け込んでいて
Hさんは若々しい別人の顔立ち
ボランティアの若者のように頭にバンダナをかぶって
うっすらと髭の生えた口で
「そこを押さえて！」と叫んでいる
部屋の右側がすっかり吹きさらしになっていて
風が吹き込みカーテン様のものが激しく揺れている
その闇のなかに以前はなかった雑貨屋のビルが建っていて

壁のモルタルが剥き出しになっている
このあたりはあのときの廃墟のままなのだ

——息子さんは無事でしたか?
そのひと言が口にできないまま
風のなかで震えていた
吐き気のようなものをこらえていた

旅のソネット

海外を旅するたびに
現地通貨に戸惑う
ドルもユーロも
玩具の紙幣とチップにしか見えない

ネイティブ言語があるように
ネイティブ・マネーというのがあって
心の敷居をきちんと越せるのは
ネイティブ言語とネイティブ・マネーだけ

ネイティブ・ビリーフ

というのもあるのだろうか
生まれもっての自然な信仰
ネイティブ・ビリーフ……
まるで穿きなれたブリーフのように
違和感のないやつ（そこが問題）

*

暗闇で手を伸ばすと
ガラスのコップに指の背がふれた
つづいてガシャッという
乾いた破壊音が闇にひびいた

インターネットで見つけたベルリンの安ホテル
ホテル４ユース

「4」はおそらく駄洒落で
ホテル・フォー・ユース（若者のためのホテル）

五十をとうに過ぎた男がひとり
そこで深夜にグラスをひとつ壊した
私にとっては旅のなかの大事件

そのあたり、三十年前には
壁が東と西に
ちょうど分断していたところ

モスクワの蟬

どんな自暴自棄に駆られてか
二〇世紀のおわり
ペテルスブルグからモスクワをめぐる旅に出た
ベラルーシ出身の若いバイオリニストの女の子と連れ立って

赤の広場でぼくらを不意打ちした蟬時雨
「モスクワの蟬は十三年……」と片言のドイツ語で彼女は言う
「蟬の命は七年だろう?」ぼくも下手くそなドイツ語で言い返したが
「シベリアの蟬は二十五年……」と彼女の片言の言葉はさらにつづいた
そういうことか――

恋の話も政治の話も
隠喩はきっぱり拒みたい気持ちだったが
まだ社会主義の冷たい土のなかを這いずりまわっていた
おびただだしい幼虫のイメージが
ぼくの脳髄のなかで白々と蠢きはじめた
そして
何年もの凍えた時間を圧縮して
ぼくの頭蓋をまっぷたつに断ち割って
いま赤の広場に
わっと溢れ出た歴史の蟬たち

一九〇五年の一月革命から一九一七年の一〇月革命まで
それは一匹の蟬の生涯とぴったり重なる歳月だったのかもしれない
思わぬ地中の根に絡まれて幼虫のまま死に絶えた数限りない蟬たちよ
(暑い国で暗殺されたトロツキーの命日はいつだったか?)

三時間後
寒いホテルの一室で
ぼくらは二匹の蟬のようにたがいの体を力いっぱい鳴らしていた
ヴィザ一枚で越えられる国境を易々と越えて
こんな非合法活動もまだあるんだとうそぶいて
モスクワの蟬は十三年……
シベリアの蟬は二十五年……
その声を
黒い指先で何度も何度も扼殺した

アウシュヴィッツへの道

クラクフの駅からバス乗り場へ急いで
「アウシュヴィッツ行き」に乗った
後部座席では高校生ぐらいの五、六人が英語でにぎやかに話している
たぶん合州国カリフォルニアあたりからの見学者たちだ
すぐに座席は満員となって、いく人かは立って吊り皮を手にしている
さらに杖をついた老人が乗り込んだところで
バスは出発した

最初の停留所で赤ん坊を抱いた若いお母さんが乗り込んできた
杖をついた老人
赤ん坊を抱いた母親

こんな状態でみんなアウシュヴィッツに向かうのか
離れたところにいて
私は座席を代わることもできない

いくつかの停留所を過ぎたところで
赤ん坊を抱いたお母さんがバスを降りた
杖をついた老人の姿もいつしか消えていた
そのとき私はようやく気づいたのだ
それがただの路線バスで
クラクフに暮らしているひとびとにとっては
アウシュヴィッツは普段使っているバスの終点「オシフィエンチム」に過ぎないことに
(「アウシュヴィッツ」はポーランド語では「オシフィエンチム」である)

アウシュヴィッツの第二収容所ビルケナウは絶滅収容所の代表である
絶滅収容所とは、抑留者に強制労働を強いる場所ではなく
移送されてきたひとびとをとにかく迅速に殺戮する施設だ

恙なくことが運べば、到着したひとびとは数時間後には灰にされていた
ビルケナウ絶滅収容所の開設は一九四一年十月
一九四五年一月の解放までに
一一〇万人から一三〇万人が殺戮された

私がはじめてそこに着いたのは九月初旬
空は青く澄みわたり
風がさわやかに吹いていた
絶滅収容所の跡地の周辺には人家が立ち並び
窓辺にとりどりの洗濯物がゆれていた

ジンバブエ、石の家

二〇〇〇年の七月
恩師とふたり
南アフリカを旅した
南アフリカは冬のさなかで
「石の家」を意味するジンバブエ共和国
その夜明けのサバンナは凍えるように寒かった
ぼくは思い込んでいたのだ
野生の草原は暖かなものだと

毛布を体に巻きつけて
硬いジープの座席に揺られ

薄明かりのなかに
ぼくは獣の目をもとめていた
けれども
駆けてゆくダチョウ
高い木々の葉を食むキリン
のっそりと現われるゾウ
馴れ合った関係は動物園そのものだ

恩師は不意に
若い時代の話をはじめた——
長崎に原爆が落とされて二、三日後
爆心地を訪れたんだ
市内に入るはじめての列車でね
焼死体なんか慣れっこになっていたけど
だんだんと焼け跡も死体もなくなって
最後に現われたのは

ただのっぺりと白くなった地面だった
「ただのっぺりと白くなった地面」——
相変わらずジープに揺られながら
ぼくは恩師の言葉を繰り返した
彼はそれっきり口を噤んだ

地球の裏側のようなあの場所で
なぜ彼はそれを口にしたのか
彼のその体験を知らないわけではなかったが
そのときの彼の言葉は
ぼくの耳のなか
サバンナのしじまのなかで
わんわんと反響した

ジンバブエ、石の家
流し込まれたばかりのコンクリートのような

ぼくの頭蓋に残された
恩師のひと筋の言葉
その踏み跡

Ⅲ

映画と階段

これは奈落へと昇る階段
ふとそう思いながら
沈み込むからだを一段一段ぼくは持ち上げていった
二〇〇一年の一〇月深更
京阪出町柳駅の奥深い地下構内で

その宵ぼくはめずらしく映画を観た
（コミカルに描かれたこのうえなく残酷な物語）
二時間あまりを映画館の暗闇で過ごすと
街はもうとっぷり暮れていて
通りは見知らぬものとなっていた

そこを青ざめたひとびとが行き交い、ぼくは足を速めて歩いた

放蕩と言うにはほど遠いが
時間の齟齬という確かな感覚があった
その二時間がまるで永遠に失われた時間のように思われたのだ

映画という不思議な装置――
あのように
時間の国境を易々と越えるために
入場チケットが要るならば
出場チケットというものも必要ではなかったのか
出場チケットを差し出さなかった自分は
時間の国境に阻まれて
映画館の闇にいまなお閉ざされたままではないのか

まるで鈍重な魚になって

沈み込むからだを一段一段ぼくは持ち上げていった
二〇〇一年の一〇月深更
見上げると
地上はぽっかり開いたひとつの黒い穴だった
プレパラートのような
時の鱗を一枚一枚剥ぎ落としながら
ぼくは垂直にそこに呑まれていった

節子たちの物語

島崎藤村『新生』の女主人公は節子
堀辰雄『風たちぬ』のヒロインも節子
柴田翔『されどわれらが日々』の「私」の婚約者も節子……
叔父との肉体関係でできた子どもを里子に出されたり
結核で命を奪われたり
節子たちの運命はまことに哀れです
おまけに『新生』の節子も
『されどわれらが日々』の節子も
判で押したように
最後は地方で女教師をめざすことになります
まるで映画『青い山脈』の島崎雪子先生のように……

それを演じたのはまたもや節子さん（原節子、本名・会田昌江）でした
節婦、烈婦という言葉をご存知でしょうか？
いわゆる貞操の固い女性を指す言葉ですが
魯迅は評論「私の節烈観」（『墳』一九二七年刊、所収）のなかで
もっと激しいことを述べています
節婦とは、夫が死んでもけっして再婚せず、恋愛もしない女性のこと
烈婦とは、夫が死ねば後追い自殺する女性、もしくは
強姦されそうになったときに自害する女性
強姦されたあとでは遅いのです
かつては「節士」「烈士」という男性用の言葉もありましたが
いつの間にか廃れました
節と烈は女性ばかりが背負わされることになりました
原節子さんを讃えるキャッチフレーズは「永遠の処女」でした
（魯迅はもちろん、そういう節烈観からの訣別を説いています）

『新生』の節子のモデル島崎こま子さんはその後
治安維持法で徹底弾圧される京大社研（社会科学研究会）の学生を支えました
野間宏「暗い絵」に登場する京大ケルンがそれで
銀閣寺の近く
京都市左京区北白川が舞台です
節子たちの物語の影で
特高警察につきまとわれ、拷問までされたという
こま子たちの物語……

京都の北白川には私も六年間暮らしました
その地で私にも娘がひとり生まれました
いま私は故郷の篠山《ささやま》というところで
梅本浩志さんの『島崎こま子の「夜明け前」』（社会評論社）を読んでいます
藤村がこま子さんとの愛を断って『夜明け前』を書きあげたのにたいして
こま子さんは自らの生きかたでもうひとつの『夜明け前』を描ききったのだ
それが梅本さんの考えです

すると娘がトイレから出てきて
大人になったことを不意に私に告げました
（妻が不在の日のことでした）
その声にはどこか誇らしげな響きがありました
節子でもこま子でもない
ひとりの女性の旅立ちがはじまります

五感論

夜、ソファーに寝そべって
エリアス・カネッティにもとづく
ドイツ語論文を読んでいる
窓の外に雪の舞う静かな夜だが
こんなときは
左手の中指の削られた先端がうずく
十八歳のときのその出来事をいまも私は語ることができないが……

その論文は
カネッティの小説『眩暈』を視覚の観点で
紀行文『マラケシの声』を聴覚の観点で

ライフワークの『群集と権力』を触覚の観点で
巧みに捉えているのだった
けれどもその三つの感覚の関係が分からない
中指の先端をうずかせて
ソファーに丸まっていると
やはり触覚が根源だろうと思えてくる

味覚が触覚であることはもちろん
鼓膜のふるえである聴覚も
まぶたで塞がれる視覚も
触覚の延長、ないしは分化したものに違いない
あのときのあいつらの怒声が
私の耳に痛く残り
あのときのあいつらの姿が
私の眼球に貼り付いたままだ
痛みはいまも私を震えさせる

陽子さんのゆたかな胸のあいだを這う
一匹のかたつむりでいたかったのに
私の殻は剥がされ
ハンマーのようなものが振り下ろされ
ペンチのようなものが捻られた
ちっぽけな群集と権力……

リビングのソファーで
四十年近くも前の出来事を反芻していると
高校二年になる娘が
風呂へ駆けてゆく足音がする
その裸身が
私の胸に
ほんの一瞬
まぶしく

匂った

ソフトボールにかまけて

「タッチアップはな
フライを相手がキャッチしてから走るねん
捕るまえに走ったらアウトや」――
「スクイズはランナーが三塁にいてな……」
電車のなかで
小学校五年ぐらいの女の子に
その父親だろうか
ふっくらとした顔の
すてきな髭のおじさんが話している
「送りバンド*はな……」
「ダブルプレーはな……」

私もちょうど小学校五年生のときに
篠山小学校のグラウンドで毎日ソフトボールをしていた
六年のチームを相手に
毎日負けて
毎日悔しい思いでグローブをたたいた
あのときの
タッチアップ
スクイズ
送りバンド
ダブルプレー

そのおじさんの
丁寧で的確な説明を聞いていると
それは
野球やソフトボールのルールではなく

この世界で生きてゆくときの大切な決まりのような気がしてきた
たしかにこれまでの人生の節目、節目で
そんなことがあったなと思う
要所には生真面目な審判員がいて
タッチアップ
スクイズ
送りバンド
ダブルプレー！
……
すると女の子が
すこし間をおいてたずねる

——振り逃げって、なに？

＊「送りバンド」は正確には「送りバント」だが、子どものころから私たちは「送りバンド」と発音してきた。電車のおじさんもそう発音しているように私には聞こえた。

卒業研究から

1

「亡くなった祖母の被爆体験を書きたくて……」
そういう女子学生がいて
私はあらためて長崎原爆のことを調べることになりました

2

長崎の軍需工場には
当時女子の中学生、高校生が勤労動員されていて

原爆はその工場をめがけて投下されたのでした
私は「原爆乙女」という言葉の由来を噛みしめました

3

彼女がお父さんから借り出した
お婆さんの原爆手帳（被爆者健康手帳）を見て
私は息を呑みました
「０・８km　大橋」
お婆さんは爆心地からわずか八〇〇メートルのところで被爆されていたのでした

4

卒業研究を続けるうちに

明るかった彼女から笑顔が消えてゆきました
連絡も途絶えがちになりました
彼女から届くとぎれとぎれのメール

被爆者三世なんて
人前で言うことじゃなかったですね……

いま、林京子というひとの小説を読んでいます……

林さんの被爆地は「１・２km　大橋工場」
祖母の体験と近いと思って……

福島の原発事故ともつなげてみたいんですけど……

ひとの心のひとつひとつが小さな原爆みたいなものですね
私もいまにも爆発しそうです……

5

私の学生時代
反核運動が大きく盛り上がりました
亡くなった吉本隆明さんが『「反核」異論』という本を出されました
私は広島と大阪の大きな反核集会に参加して
デモをしながら叫びました
ノーモア・ヒロシマ！
ノーモア・ナガサキ！
でも
人間の心のひとつひとつが小さな原爆だ
という認識に
私はとうてい達していませんでした

6

彼女の卒業研究がうまくまとまるかどうか分かりません
はたして提出にいたるのかどうかも
ふとこんな気がします
そもそも人類が被爆者二世、三世なのではないか
たぶんまちがった言い方だと思います
実際の被爆者二世や三世の方に失礼だろうと思います
それでも
お婆さんの被爆体験の問い返しを孫の彼女にだけゆだねているのは
なにか人類として無責任のような気がします

7

彼女からの最後のメールにはこうありました

祖母は脳梗塞で倒れてから十年を病院で過ごしました
言葉が話せなくなって
私たちの言葉を聞いて泣いたり、笑ったりしていました
それ以外はテレビも見ず、本も読まず
ただひたすら窓の外の景色を見ていました
祖母は十年間なにを思っていたのでしょう?

うまく返信ができないまま
研究室で時間だけが過ぎてゆきます
窓の外では雪までが降りはじめたようです

＊この作品はあくまでフィクションですが、無事提出された学生の卒業研究の内容をふくんでいます。

Ⅳ

非閉塞性腸管虚血症

出張先からJRを乗り継いで
おれは大阪駅でタクシーに飛び乗って運転手に告げた
――日置《ひおき》まで
疑わしげに振り向く運転手に
――とにかく篠山《ささやま》までやってくれ！
とさらにおれは言葉を重ねた
運転手はカーナビをいじくってやおら車をスタートさせる
（急いでくれ、おやじが田舎で腸を腐らせているんだ）

入院したのが四月一〇日
手術は一二日

四月一一日はおやじの八五歳の誕生日だった
どんな思いでその日を過ごしていたのか、おれには見当もつかない
そして、四月二五日
二週間とたたないあいだにおやじは死にかけていた
「腸が腐っているのだと思います」と主治医は電話で告げたのだ
重い心筋梗塞を患って二年後
ステージ・セカンドの直腸癌が見つかった
——とにかく先生に任せるよりほかありませんわ……
怪訝そうな顔をしている「先生」にあのときおれは思わず言葉を重ねてしまった
——先生に手術をしてほしいということです
(あれはおれの致命的な誤りだった
おやじは手術を望んでいたのではなく
ただその判断を医師に委ねたのだ)
日置の病院のベッドは
さながらおやじの戦場だった

昭和八年に生まれて
少年時代に戦争をくぐって
高校を卒業して町役場に就職した
おやじはその役場の野球チームの選手兼監督で
社会人野球の近畿大会でチームを二度まで優勝に導いた
いまではひっそりと輝かしい戦績だ
それなりの才人であったことは確かではないか
それから意に染まない祖父の家具商を引き継いだ
戦中に婦人会を仕切っていた祖父とは大違いの
営業にはまったく不向きの官僚気質
そのおやじがいま
首の静脈から心臓へのカテーテルを差し込まれ
尿道にも管を挿入され
喉には人工呼吸器の管を装填されている
鼻にまで新たに管が挿入されていて
ベッド脇のそれまで見たことのないビニールの袋には

得体の知れない赤黒い液体がゆれている

循環器系の医師たちは
睡眠薬の投与を減らしながら
人工呼吸器の管を抜くタイミングをはかっていた
けれども、おやじはその日の朝方
意識が回復しないまま
その赤黒い液体を不意にもどしたのだという
これは「血反吐」というものではないかとおれは思う
意識が戻らないのではない
きっと絶え間なくおやじは失神しているのだ
切除された直腸は繋がっても
肝心の血が全身に行き渡ることなく
腹のなかで腸を腐らせ、血反吐を吐いているおやじ
けれどもその赤黒い液体は鼻の管から丁寧に吸い上げられ
絶え間なく肺には酸素が送りこまれ

おやじは荒い息を繰り返している
これは腹に銃弾をぶち込まれて
のたうっている兵士そのものではないか
——とにかく先生に任せるよりほかありませんわ……
怪訝そうな顔をしている「先生」にあのときおれは思わず言葉を重ねてしまった
——先生に手術をしてほしいということです

おれは思わず叫んでしまう
たったひとりのホロコースト！
いやいや、入院以来固形物を摂取できなかったとはいえ
おやじはゲットー暮らしのように飢えたりはしていない
一億総玉砕のファナティシズムのもとでも
生き延びてきた昭和ひと桁生まれの世代だ
その果ての、たった二週間に満たない期間の点滴暮らしだ
そして、いまおやじの肺に強制的に送り込まれているのは
ガスではなくたっぷりの酸素だ

――意識が回復しないので脳のＣＴスキャンを撮りましたが異常は認められません
――熱が高いのに体からは冷や汗のようなものが出ています
――たとえ意識がなくてもこうしたリハビリの施術は重要なのです
――今後、人工透析を行いますか？　心臓マッサージはどうしますか？
医師も看護師もリハビリ師もみんな飛びきり親切なひとたちばかりだ
非情なＳＳもカポもひとりとしていない手厚い救急治療室
日置にこんな病院があったのは幸いだ
それでもおれは叫ばすにいられなかった
たったひとりのホロコースト！
たったひとりのホロコースト！
アウシュヴィッツのガス室のようにだだっ広い治療室の
カーテンで仕切られた一角で
おやじの荒い息をいくつもの計器が捉えてさまざまな波形の信号を発していた

凡そ半時のあひだ

石原吉郎が好きだった言葉――
「第七の封印を解き給ひたれば、
凡そ半時のあひだ天静かなりき」

半時とはどれだけの時間を指すのだろう
要するに、小一時間ぐらいだろうか
そのあいだに私たちにできること

歩くとせいぜい五キロ
自転車で十五キロ
車でなら時速の分だけ進めるはずだ

小一時間の思考というのはどうだろう
六十分間、思考のかぎりを尽くすこと
そんなことが私たちに果たして可能だろうか

父の遺体が実質的に焼かれていたのは
きっと小一時間
それくらいの時間だったと思う

私は焼却炉の鍵を渡されていた
これをお持ちください、と
まるで新しいマンションの鍵のように

原初のインフレーションで
宇宙が極小の火の玉として生まれた
それからビッグバンが起こった

小一時間もすれば
すべての物質が生まれ
宇宙の構造はすっかり出来上がっていた

小一時間で宇宙は冷却し
父の骨はまだ熱くくすぶっている
今夜いくつもの宇宙がどこかで生まれる

親族たちは竹の箸をかまえる
「第七の封印を解き給ひたれば、
凡そ半時のあひだ天静かなりき」――

中間時

石原吉郎の強調する
カール・バルトの「中間時」——
イエスが磔刑に処され、復活にいたる三日間
それが「中間時」だという

イエスが復活にいたるまでの三日
西欧暦で振り返ると
それは決定的な空白期間だ
なんの覆いもなしに世界が宇宙にさらされていた時間

父は水曜の夜に亡くなり

その夜と木曜日と金曜日
遺体は私の家に安置されていた
冷たい父の体の横で、私はずっとお酒を呑んでいた

三日後、父の遺体はそのまま斎場に移された
その夜、夢のなかに父が現われた
城の東の馬出しの空き地で
身をかがめて草を刈っておられた

若いころには
高い鉄棒で大車輪もできた筋肉質の体
それを小さくかがめて、顔を伏せ
あの馬出しで草を刈っておられた

梅酒とライター

父の三回忌
母がたっぷり入った梅酒の瓶を持ち出してきた
入院前に父が漬け込んでいたものという
退院したら呑むつもりだったのがそのままになっていたのだ
海外旅行のまえには私も冷酒の小さな壜を買って冷蔵庫に入れておく
ささやかなまじない
けれども田舎の病院は父にとって
海外よりも遠く、ブラジルの藪よりも深かった
入院から二週間であっけなく彼岸へ旅立ち
もどらなかった

私が見つけたのはライター
父の事務所の机の引き出しに百円ライターがごろごろあった
青、赤、黄、透明のおもちゃのようなそれは
数えると一ダース、十二個
どのライターもガスが切れかかっている点が共通していた
すっかり切れているのではなく切れかかっている状態
つまり、どのライターの底にも液体ガスがわずかに残っていた
これもなにかのまじないだったのだろうか
表向き父はタバコを止めていたが
事務所ではこっそり吸っていたのか

父の真意など一度として尋ねたことはなかった
生涯をつうじて父が私と交わした会話はどれくらいだったか
すべてを合わしても二十四時間に満たなかったのではないか
その中身もウエハースを重ねたように空疎なものだった
父と息子とはそういうものなのか

手術を無事終えた八十五歳の父とその息子が
漬け込まれた梅酒を酌み交わし、タバコをぷかぷかやりながら
二十四時間では語り尽くせなかった真意を届け合う——
そんなことはとうてい不可能だったと
あらゆる事象が告げていた

夕暮れは不意に訪れて

以前、家族座という詩を書いた
私と妻、ふたりの娘が目に見えない力で引き合って
ひとつの星座を象《かたど》っているイメージ
近くに父母《ちちはは》の星があることを私は想定していなかった

父が亡くなって
母と妻の折り合いが悪くなった
私と妻のあいだで口喧嘩が絶えなくなった
娘たちは大好きだったクラブをやめた

父の引力が全体を引き締めてくれていたのか

アインシュタインによれば
そもそも引力とは時空の歪みに過ぎないのだが……
家族の夕暮れは不意に訪れるものなのだ
星は宇宙にちりぢりに散らばって
どんな形だったかもう誰にも分からない

*

ほとぼりが冷めるまで

こちらに戻ったころのこと
うえの娘は生まれてまだ半年で
親子三人、川の字になって寝ていたものだ
私と妻は水の流れというより土手で
二つの土手に挟まれて
娘はときに激流のような夜泣きをした

そのころの私はまだマイルドセブンを吸っていて
七日、十七日、二十七日
七の付く日は川をわたる約束だった
娘の横たわる流れに踵《かかと》をひたして
妻の土手まで川をわたる

敵前渡河というほどの緊張はないが
夫婦生活は恥ずかしい

妻の口に枕を噛ませるころには
彼女のそこは指を火傷しそうに熱くなっていて
「ほと」は「火処」と書くのだったか――
そんなときにきまって娘がむずがりだすのだ
二つの土手は重なったまま動かぬダムの壁ともなって
じっと流れの気配をうかがう……

それから私と妻はすごすごと土手にもどる
すると風が川原を吹きぬけて
静かな時間がほんのいっとき
恩寵のように流れていった
遂げられぬ思いに
ほとぼりが冷めるまで

細見和之（ほそみ かずゆき）
1962年、丹波篠山市生まれ。2014年から大阪文学学校校長。

詩集
『沈むプール』（イオブックス、1989年）
『バイエルの博物誌』（書肆山田、1995年）
『言葉の岸』（思潮社、2001年）
『ホッチキス』（書肆山田、2007年）
『家族の午後』（澪標、2010年）
『闇風呂』（澪標、2013年）

主な詩評論書
『アイデンティティ／他者性』（岩波書店、1999年）
『言葉と記憶』（岩波書店、2005年）
『永山則夫』（河出書房新社、2010年）
『ディアスポラを生きる詩人 金時鐘』（岩波書店、2011年）
『石原吉郎』（中央公論新社、2015年）
『「投壜通信」の詩人たち』（岩波書店、2018年）

詩の翻訳
イツハク・カツェネルソン『滅ぼされたユダヤの民の歌』（共訳、みすず書房、1999年）
イツハク・カツェネルソン『ワルシャワ・ゲットー詩集』（未知谷、2012年）

ほとぼりが冷めるまで
二〇二〇年八月一日発行
著　者　細見和之
発行者　松村信人
発行所　澪　標《みおつくし》
大阪市中央区内平野町二-三-十一-二〇二
TEL　〇六-六九四四-〇八六九
FAX　〇六-六九四四-〇六〇〇
振替　〇〇九七〇-三-七二五〇六
印刷製本　亜細亜印刷株式会社
DTP　山響堂 pro.